O NAVIO FANTASMA

Texto
Wilhelm Hauff

Tradução
Paula Pedro de Scheemaker

Revisão
Eliel Cunha
Karine Ribeiro

Diagramação
Linea Editora

Ilustrações
Laerte Silvino

Capa
Ana Dobón

Produção editorial e projeto gráfico
Ciranda Cultural

Dados Internacionais de Catalogação na Publicação (CIP) de acordo com ISBD

H369n   Hauff, Wilhelm

O navio fantasma / Wilhelm Hauff ; traduzido por Paula Pedro de Scheemaker ; ilustrado por Laerte Silvino. - Jandira : Ciranda Cultural, 2021.
32 p. : il. ; 15,5cm x 22,6cm.

Tradução de: The Tale of the Ghost Ship
ISBN: 978-65-5500-756-5

1. Literatura alemã. 2. Clássico. 3. Vikings. 4. Conto Escandinavo. 5. Naufrágio. I. Scheemaker, Paula Pedro de. II. Silvino, Laerte. III. Título.

2021-1253	CDD 830
	CDU 821.112.2

Elaborado por Vagner Rodolfo ❧ Silva - CRB-8/9410

Índice para catálogo sistemático:
1. Literatura alemã 830
2. Literatura alemã 821.112.2

1ª edição em 2021
www.cirandacultural.com.br
Todos os direitos reservados. Nenhuma parte desta publicação pode ser reproduzida, arquivada em sistema de busca ou transmitida por qualquer meio, seja ele eletrônico, fotocópia, gravação ou outros, sem prévia autorização do detentor dos direitos, e não pode circular encadernada ou encapada de maneira distinta daquela em que foi publicada, ou sem que as mesmas condições sejam impostas aos compradores subsequentes.

 **Wilhelm Hauff**

O NAVIO FANTASMA

Tradução
Paula Pedro de Scheemaker

Ciranda Cultural

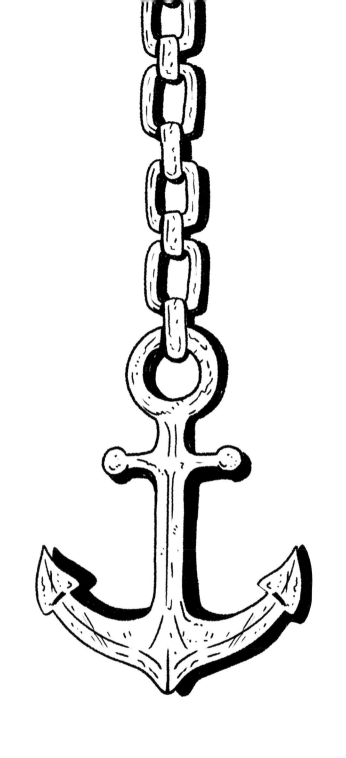

    Meu pai tinha uma pequena loja em Balsora. Não era nem rico nem pobre, mas era uma daquelas pessoas que não gostavam de arriscar nada, por medo de perder o pouco que possuía. Educou-me com rigidez e sabedoria, virtuosamente, e em pouco tempo minha evolução nos estudos era tão visível que era capaz de dar sugestões valiosas nos negócios da família. Ao completar dezoito anos, senti-me confiante o suficiente para ajudá-lo, principalmente porque ele estava se envolvendo em transações especulativas e não era acostumado a esse tipo de negócio.

    Infelizmente seu coração não resistiu às pressões comerciais e ele faleceu, muito provavelmente por ter confiado mais de mil moedas de ouro a um homem que se apresentou como comerciante e lhe garantiu lucro em dobro se investisse em seus negócios marítimos. Mal sabia meu pai que estava se envolvendo com um verdadeiro pirata. Fui obrigado, logo em seguida, a acreditar que sua morte havia sido vingada, pois em poucas semanas fomos informados de que a embarcação na qual meu pai havia colocado seu pequeno tesouro naufragara.

Esse infortúnio, no entanto, não abalou meu ânimo juvenil. Todos os bens que herdei de minha família converti em dinheiro e arrisquei minha sorte em terras estrangeiras, acompanhado apenas de um antigo empregado da família, que, em consideração aos laços de amizade e fidelidade, não poderia ser deixado de lado em meu novo destino, muito menos em minha longa jornada.

Embarcamos no porto de Balsora, com vento favorável. O navio para o qual comprei as passagens tinha como destino a Índia. Navegávamos havia quinze dias pela rota costumeira quando o capitão anteviu uma tempestade chegando. Seu semblante era um misto de preocupação e expectativa, pois sabia que naquele ponto do mar não havia profundidade suficiente para se deparar com uma tempestade com o mínimo de segurança. Ordenou que todas as velas fossem recolhidas, e assim seguiriam em baixa velocidade. A noite caiu fria e sem nuvens no céu. O capitão suspirou de alívio ao acreditar que se enganara em seus pressentimentos relativos ao mau tempo.

O NAVIO FANTASMA

De repente, uma embarcação que não havíamos observado se aproximou de nós. Um grito assustador cresceu do convés. Considerando que estávamos na iminência de uma tempestade e que todos poderiam estar ansiosos, não me preocuparia com tal comportamento. Mas o capitão, ao meu lado, estava pálido como uma folha de papel.

– Meu barco está perdido – gritou ele. – Lá navega a morte.

Antes que eu pudesse pedir uma explicação em relação àquelas palavras desesperadas, os marinheiros correram para dentro do barco, gritando e lamentando.

– Vocês viram aquilo? – perguntaram. – Está tudo acabado para nós. – Era o mar revolto que criava aquele pânico.

O capitão buscou palavras de consolo para ler, extraídas do Alcorão, e os fez sentar perto dele diante do leme. Mas o esforço foi em vão.

A tempestade estava visivelmente próxima, com um barulho de trovões e raios estrondosos; antes que uma hora se passasse, a embarcação foi atingida e encalhou. Os botes foram baixados e poucos marinheiros haviam se salvado quando o casco afundou diante de nós, e uma onda me arremessou ao mar como um farrapo humano. Contudo, nossa desgraça ainda não havia chegado ao fim.

A tempestade rugia assustadoramente, o barco estava à deriva. Por um milagre, meu fiel escudeiro boiava ao meu lado. Atei-me firmemente a ele e fizemos a promessa de que não nos separaríamos em hipótese alguma.

O dia raiou, e a primeira visão que tivemos na manhã avermelhada foi a de um barco quebrado e virado pelo vento. Depois daquilo, não vi mais meus companheiros de bordo. O choque me tirara a consciência, e quando a recobrei, encontrei-me nos braços de meu fiel e velho companheiro, que se salvara nos restos do barco que havia desvirado e ficara à minha procura. Não havia mais tempestade, e de nossa embarcação pouco podia ser visto.

Porém, claramente conseguíamos distinguir a uma distância, não longe de nós, outro barco para o qual as ondas estavam nos levando. Ao chegarmos mais perto, reconheci o barco como o mesmo que passara ao nosso lado na noite anterior e que deixara o capitão em tal consternação. Senti um estranho horror em relação ao barco: a insinuação do capitão, que havia sido tão temerosamente corroborada, e a aparência desolada do barco se aproximando me alarmaram. Além disso, à medida que chegávamos perto, ouvíamos altos brados, mas não se via viva alma. Não tivemos o que fazer, a não ser louvar o Profeta, que tão miraculosamente nos preservou.

Da proa do barco pendia um longo cabo. Com o propósito de nos agarrarmos a ele, nadamos o mais rápido que pudemos. Por fim, fomos bem-sucedidos. Gritei o mais alto que pude, mas tudo permaneceu silencioso a bordo da embarcação. Subimos pela corda; eu, por ser mais novo, assumi a liderança. Mas um horror se apresentou diante de meus olhos quando dei um passo para dentro do convés!

O chão era um lago de sangue, sobre ele jaziam de vinte a trinta corpos em trajes turcos; a meio mastro havia um homem ricamente trajado empunhando um sabre, mas o rosto estava pálido e distorcido. Um prego atravessado em sua testa o pendurava ao mastro. Estava morto! O terror paralisou meus pés, mal ousava respirar. Quando meu companheiro chegou ao meu lado, também foi dominado pelo estarrecimento ao ver que no convés não havia um corpo vivo, apenas cadáveres assustadores.

Após termos na angústia de nossas almas suplicado ao Profeta, ousamos nos mover adiante. A cada passo, olhávamos ao redor para vermos se algo novo, mais terrível, se apresentava à nossa frente. Mas tudo permaneceu como estava, em toda parte, nada vivo além de nós e o oceano ao nosso redor. Em momento algum nos atrevemos a falar mais alto, com medo de que o capitão morto preso ao mastro fosse dirigir os olhos rígidos sobre nós, ou que algum dos mortos virasse a cabeça em nossa direção. Então, chegamos a uma escada, que nos levou ao porão.

Paramos por um momento, trocamos olhares, mas nenhum de nós se aventurou a expressar os sentimentos.

– Mestre – disse meu fiel empregado –, algo terrível aconteceu aqui, mas mesmo que a parte de baixo do navio esteja cheia de assassinos, ainda prefiro ficar à mercê da crueldade ou misericórdia deles a ficar aqui entre corpos moribundos.

Concordei com ele, e com o coração cheio de coragem, mas também de apreensão, descemos as escadas, porém a quietude da morte prevalecia ali também. Não havia nenhum barulho além do som de nossos pés batendo nos degraus.

Paramos diante da porta da cabine. Prestei mais atenção e tentei captar algum movimento, mas não havia nada a ser visto ou ouvido. Abri a porta. O ambiente apresentava uma aparência confusa; roupas, armas e outros objetos encontravam-se juntos, desordenados. A tripulação, ou pelo menos o capitão, esteve lá antes da farra, pois restos de um fausto banquete estavam espalhados por todo o lugar.

Andamos de cômodo em cômodo, de sala em sala, encontrando em todos eles peças inteiras de seda real, pérolas e outros artigos de luxo. Diante daquela visão fiquei eufórico, pois não havia ninguém a bordo, de modo que poderia me apropriar de todo aquele tesouro. Mas a palavra de Ibrahim me avisou de que ainda estávamos longe da terra, que sozinhos e sem ajuda não poderíamos nunca alcançá-la.

Satisfizemos nossa sede e nossa fome com a bebida e comida desperdiçadas aos montes sobre a mesa e subimos para o convés. Mais uma vez ficamos arrepiados diante daquela visão do inferno de corpos putrefatos. Decidimos nos livrar daquela tortura jogando-os ao mar. Mas qual foi nossa surpresa ao perceber que não conseguíamos mover os corpos nem um centímetro sequer de seus lugares! Estavam tão presos ao chão que para retirá-los de lá seria necessário remover o piso do convés, e para isso precisaríamos de ferramentas adequadas, que não tínhamos. Além disso, o capitão não podia ser solto do mastro, muito menos conseguimos tirar o sabre de sua mão rígida.

Passamos o dia refletindo com tristeza sobre nossa condição, e quando a noite começou a se fazer presente, dei permissão ao velho Ibrahim para se deitar e dormir,

enquanto eu vigiaria o convés, em busca de meios ou saídas para nossa libertação. Quando a Lua brilhou alto no céu estrelado, calculei que seria por volta das onze horas. O sono me dominou de modo tão fulminante que caí, sem forças para resistir, atrás de um barril largado no convés. Parecia mais uma letargia do que sono, pois eu conseguia ouvir perfeitamente o barulho das ondas batendo no casco do barco, o estalar das velas e o assobio do vento. Ao mesmo tempo, pensei ter ouvido vozes e os passos de homens atravessando o convés.

Tentei me levantar para ver do que se tratava, mas uma estranha força segurou meus ombros e nem mesmo conseguia abrir os olhos. As vozes se tornavam nítidas. Parecia-me que uma alegre tripulação estava se deslocando por todo o convés. Em meio àqueles sons, pensei ter identificado a voz poderosa de um comandante, seguida por sons de cordas e velas. Gradualmente, meus sentidos me abandonaram, caí em sono profundo, em que ainda ouvia o estampido de armas, e acordei apenas quando o Sol já estava a pino e lançou sobre mim seus raios ardentes.

Cheio de admiração, olhei ao meu redor; tempestade, barco, os corpos e tudo o que ouvi ao longo da noite ressurgiram em minha mente como um sonho, mas quando olhei em volta, tudo permanecia como no dia anterior: corpos imóveis deitados, o capitão imóvel preso ao mastro. Ri do meu sonho e me levantei à procura de meu velho companheiro.

Encontrei-o sentado, mãos segurando a cabeça, em dolorosa meditação na cabine.

– Oh, mestre! – exclamou ele quando entrei. – Preferia deitar nas profundezas do oceano a passar mais uma noite naquele barco mal-assombrado.

Questionei-o sobre o motivo de sua dor e ele me respondeu:

– Ao acordar, após dormir uma hora, ouvi pessoas indo e vindo sobre minha cabeça. Em princípio, pensei que fosse você, mas pareciam vinte ou mais pessoas andando de um lado a outro. Também ouvi conversas e lamentações. Por fim, passos pesados vinham da escada. Depois disso, não estava mais consciente, mas minhas lembranças voltavam em diversos momentos e vi o homem que estava preso ao mastro sentado à mesa, cantando e bebendo, e o homem que estava deitado não longe do mastro, vestindo um manto escarlate, estava sentado ao seu lado, também bebendo – assim relatou meu velho empregado.

Vocês podem acreditar em mim, meus amigos, tudo isso não veio da minha mente, pois não era ilusão, eu claramente ouvi os mortos. Navegar em tal companhia era terrível para mim; meu Ibrahim, no entanto, estava novamente absorto em profunda reflexão.

– Já entendi! – exclamou por fim.

Ocorreu-lhe, naquele momento, um pequeno verso que seu avô, um homem experiente e viajado, lhe havia ensinado e que poderia nos dar conforto contra qualquer fantasma ou espectro. Também sustentou que poderíamos, na noite seguinte, evitar o sono anormal que abatera sobre nós repetindo fervorosamente certas frases subtraídas do Alcorão.

As sugestões do velho homem me agradaram bastante. Em ansiosa expectativa, vimos a noite chegar. Ao lado da cabine havia uma pequena sala, onde resolvemos repousar. Fizemos vários buracos na porta, grandes o bastante para termos uma visão completa da cabine. Então a fechamos com muita firmeza, para evitar surpresas, e o velho Ibrahim escreveu o nome do Profeta nas quatro paredes da sala. Dessa forma, aguardamos os terrores da noite.

Devia ser perto das onze horas novamente, quando uma forte vontade de dormir tomou conta de mim.

Meu companheiro, então, me orientou a repetir algumas frases do Alcorão, que ajudaram a manter minha calma. De repente, a alegria parecia ter contaminado o andar superior, as cordas rangeram, pessoas caminhavam pelo convés e muitas vozes foram ouvidas nitidamente. Permanecemos, por alguns minutos, em intensa expectativa. Então, escutamos passos descendo pela escada da cabine. Quando meu velho companheiro começou a sentir pavor diante daquele barulho, passou a repetir as palavras que seu avô o ensinara a usar contra espíritos e feitiçarias:

– Venha você, do ar que desce. Levante-se da profunda caverna do mar. Salte adiante onde as chamas estão se fundindo. Deslize para a sepultura sombria: Alá reina, vamos todos adorá-lo! Possua-o, espíritos! Curvem-se diante dele!

Devo confessar que não pus muita fé naquele versículo, e meu cabelo se arrepiou quando a porta se abriu.

O mesmo homem enorme e imponente entrou, o mesmo que vi pendurado ao mastro por um prego. O objeto ainda estava no meio de sua testa, mas a espada agora estava embainhada. Atrás dele, entrou mais um, vestido com menos riqueza, que eu também vira deitado sem vida no convés. O capitão, posto que ocupava inquestionavelmente, tinha o semblante pálido, uma farta barba negra e olhos que reviravam loucamente, com os quais percorreu todo o aposento. Pude vê-lo de forma plena, pois ele se moveu para se prostrar na nossa frente, mas parecia não atentar para a porta que nos escondia.

Ambos se sentaram à mesa, bem ao centro da cabine, e falavam alto e muito rápido, gritando entre si em um idioma completamente indefinível. O barulho que faziam crescia cada vez mais e tinha um tom sério, até que, com o punho cerrado, o capitão esmurrou a mesa, fazendo sacudir todo o quarto. Com uma gargalhada selvagem, o outro ficou de pé e acenou para que o capitão o seguisse. Este se levantou, desembainhou o sabre e ambos saíram do quarto. Respiramos mais aliviados quando os homens deixaram o lugar, mas nossa ansiedade ainda não tinha tempo para acabar. Cada vez mais alto se tornava o barulho no convés, ouvimos passos apressados indo e voltando, vozes gritando, gargalhando e uivando. Por fim, ouviu-se um som realmente infernal, parecendo que todo o convés e todas as velas fossem cair sobre nós, um choque de armas e gritos. E, subitamente, tudo se transformou em profundo silêncio.

Quando, depois de horas, nos aventuramos a sair, encontramos tudo como estava antes, os corpos deitados no mesmo lugar, parecendo rígidos como estátuas.

E assim passamos vários dias na embarcação, que se movia para o Leste, cuja direção, de acordo com meus cálculos, era a da terra firme. Contudo, se ao longo do dia parecíamos percorrer milhas, durante a noite era como se voltássemos todo o percurso, pois a nós era como se estivéssemos sempre no mesmo lugar, onde o Sol se punha.

Podíamos explicar aquela situação apenas de um modo: os homens mortos navegavam de volta todas as noites junto com as fortes brisas. Com o objetivo de evitar isso, recolhemos as velas antes do anoitecer e empregamos o mesmo método na porta da cabine: escrevemos em um pergaminho o nome do Profeta e também o versículo do avô e os amarramos nas velas enroladas.

Ansiosos, aguardamos o resultado no quarto. Os fantasmas desta vez pareciam não se enfurecer tão perversamente e, pasmem, na manhã seguinte, as velas ainda estavam enroladas, tal como foram deixadas na noite anterior. Durante o dia, foram içadas as velas necessárias apenas para levar o barco suavemente e, assim, em cinco dias fizemos considerável progresso.

Por fim, na manhã do sexto dia, avistamos a terra firme à curta distância e agradecemos a Alá e a seu Profeta por nossa maravilhosa libertação. Naquele dia e na noite seguinte navegamos ao longo da costa, e na sétima manhã achei que tivéssemos descoberto uma cidade não muito distante. Com muita dificuldade, lançamos a âncora ao mar, que logo alcançou o fundo. Em seguida, descemos um bote que estava no convés e remamos com todas as nossas forças em direção à cidade. Após meia hora, corremos por um rio que desaguava no mar e pisamos na areia da praia. Na entrada, perguntamos como era o nome do lugar e soubemos que era uma cidade indiana, não muito longe do lugar para onde pretendíamos inicialmente navegar.

Ao ver uma caravana, juntamo-nos a eles e nos refrescamos após nossa aventura à vela. Então, pedi ao senhorio que indicasse para mim um homem sábio e inteligente, e ao mesmo tempo dando a entender que gostaria de uma pessoa razoavelmente familiarizada com bruxarias e mágicas.

O homem me conduziu a uma velha casa, em uma rua afastada. Bateu à porta, e uma pessoa nos deu licença para entrar com a condição de que eu deveria perguntar apenas por Muley.

Na moradia, recebeu-me um homem velho e atarracado, de barba grisalha e nariz avantajado, interessado em saber sobre meus negócios. Contei-lhe que estava à procura do sábio Muley e ele me falou ser a pessoa que eu estava buscando. Então, pedi seu conselho para saber o que fazer com os corpos mortos e como deveria proceder para remover os cadáveres do barco.

Ele me respondeu que as pessoas do barco provavelmente foram encantadas por causa de um crime cometido em algum lugar no meio do mar.

A solução seria trazê-los para a terra, mas aquilo somente poderia ser feito retirando as tábuas onde estavam deitados. À vista de Deus e da justiça, ele disse que o navio, além de todas as mercadorias, pertencia a mim, uma vez que eu, por assim dizer, encontrei o tesouro. Se eu mantivesse o segredo e lhe oferecesse um pequeno presente daquele tesouro, ele disporia de escravos para me ajudar a dar um fim aos corpos. Prometi que o recompensaria regiamente, e partimos para nossa missão na companhia de cinco escravos, que levavam serras e machadinhas. No caminho, o mágico Muley não se cansava de elogiar nosso feliz expediente de amarrar as velas com sentenças do Alcorão escritas em papéis. Ele confirmou que graças àquele gesto conseguimos nos salvar.

Ainda era muito cedo naquela manhã quando chegamos à embarcação. Imediatamente, começamos os trabalhos e em cerca de uma hora colocamos quatro corpos no bote. Alguns dos escravos remaram até o continente para levar aquela malcheirosa carga. Contaram-nos, ao retornar, que os corpos lhes pouparam o trabalho de enterrá-los, pois quando chegaram em terra firme, transformaram-se em pó. Ligeiros, voltaram ao trabalho para se livrar dos corpos remanescentes, e antes do anoitecer todos eles haviam sido levados à terra.

Não havia mais cadáver a bordo além daquele pendurado no mastro. Tentamos retirar o prego da madeira, mas o esforço foi em vão; nenhuma força foi capaz de mover nem um fio de cabelo. Não sabíamos mais o que fazer, pois não conseguimos abaixar o mastro para levá-lo à praia.

Em meio a todo aquele dilema, Muley veio me socorrer.

Rapidamente, ordenou a um escravo que remasse até a praia e lhe trouxesse um pote de terra. Quando ele voltou com a encomenda, o mágico pronunciou sobre a terra algumas palavras misteriosas e lançou-a sobre a cabeça do homem morto.

Imediatamente, o moribundo abriu os olhos, inspirou profundamente e a ferida do prego em sua testa começou a sangrar. Naquele momento, puxamos o prego com delicadeza e o homem ferido caiu nos braços de um dos escravos.

– Quem me trouxe aqui? – questionou ele, depois de ter se recuperado um pouco. Muley dirigiu-me alguns sinais e eu me aproximei do homem ferido.

– Obrigado, desconhecido, você me libertou de longo tormento. Por cinquenta anos, meu corpo ficou à deriva nestas ondas e meu espírito estava condenado a voltar para ele todas as noites. Agora, no entanto, minha cabeça entrou em contato com a terra e meu crime assim expirou e posso ir ao encontro de meus pais.

Implorei a ele, então, que me contasse como chegara a tão terrível situação, e ele começou:

– Há cinquenta anos, eu era um influente e respeitado homem, residia em Argel, e o fascínio e a paixão pelo dinheiro incentivaram-me a equipar um barco e me tornar um pirata.

"Tempos atrás, já havia experimentado essa vida, quando uma vez, em Zante, embarquei um dervise[1] que desejava viajar de graça. Meus companheiros e eu éramos impiedosos e incrédulos e não respeitávamos a santidade do homem. Eu, particularmente, zombei dele. Em uma ocasião, ele me repreendeu com santo zelo por minha má conduta de vida. Depois de beber em excesso na companhia de meu timoneiro na cabine, a raiva me dominou. Refletindo sobre o que o dervise me dissera, palavras que eu não toleraria nem se viessem de um sultão, corri para o convés e enterrei minha adaga em seu peito.

"Morrendo, ele amaldiçoou a mim e a minha tripulação e nos condenou a não morrer nem viver enquanto não deitássemos nossas cabeças na terra.

---

[1] Forma arcaica para dervixe, praticante aderente do islamismo sufista, que segue o caminho ascético da Tariqa, conhecida por sua extrema pobreza e austeridade. Nesse aspecto, os dervixes são similares às ordens mendicantes dos monges cristãos e dos sadhus hindus, budistas e jainistas. Monge turco ou persa. Fonte: Wikipédia. (N.T.)

"O dervise se foi e o jogamos ao mar, gargalhando de suas ameaças. Naquela noite, entretanto, suas palavras se tornaram realidade. Uma parcela de minha tripulação se voltou contra mim; com ferrenha coragem, a luta continuou, até que meus apoiadores sucumbiram e eu fui pregado ao mastro. Os amotinados também morreram por causa de seus ferimentos, e logo meu barco não era mais que uma grande sepultura a céu aberto. Meus olhos também se fecharam, minha respiração cessou, pensei que estivesse morrendo. Mas era apenas um torpor que me mantinha acorrentado: na noite seguinte, no mesmo horário que jogamos o dervise ao mar, acordei, e meus camaradas também, mas nada podíamos fazer ou falar além do que havia sido feito e dito naquela noite fatal. Assim, navegamos por cinquenta anos, sem viver ou morrer, e como conseguiríamos chegar à terra firme dessa forma? Com uma destemperada alegria, sempre navegamos com todas as velas içadas antes de todas as tempestades, pois esperávamos, no mínimo, naufragar em algum penhasco para repousarmos nossas cabeças no fundo do mar, mas nunca tivemos sucesso. Agora devo morrer. Mais uma vez, precavido desconhecido, aceite meus agradecimentos e meu tesouro para recompensá-lo; leve, também, meu navio, como sinal de minha gratidão."

O navio fantasma

Com aquelas palavras, o capitão morreu. Como seus companheiros, imediatamente ele se transformou em pó. Coletamos tudo, guardamos em um pequeno barco e o enterramos na praia.

Consegui alguns trabalhadores para consertar o barco e deixá-lo em boas condições. Após eu ter trocado, com grande vantagem, as mercadorias que estavam a bordo do barco por outras mais valiosas, contratei uma tripulação, recompensei regiamente meu amigo Muley e parti para minha pátria. Rumei por um caminho tortuoso, no decurso do qual desembarquei em várias ilhas e países, para levar minhas mercadorias ao mercado. O Profeta abençoou meu empreendimento.

Após muitos anos, voltei para Balsora duas vezes mais rico que o capitão moribundo me fez ficar. Meus concidadãos estavam admirados com toda minha riqueza e boa sorte e não acreditariam em mais nada além de que eu havia encontrado o vale dos diamantes do famoso viajante Simbad. Preferi deixá-los com sua crença; doravante, minha missão é aconselhar os jovens de Balsora a saírem pelo mundo quando completarem seus dezoito anos, como fiz, para buscar a sorte. Eu, porém, vivo em paz e tranquilidade e a cada cinco anos faço uma viagem a Meca, para agradecer ao Senhor por sua

proteção naquele lugar sagrado e suplicar pelo capitão e sua tripulação, para que os admita no Paraíso.

No dia seguinte à minha chegada, a marcha da caravana prosseguiu sem impedimentos, e quando pararam, Selim, o Estranho, começou a falar com Muley, o mais novo dos mercadores.

– Você é, com certeza, o mais jovem de nós, sempre de bom humor, e com certeza conhece uma alegre e certeira história para nós. Conte-nos, então, para que possamos nos refrescar do calor deste dia.

– Poderia facilmente dizer algo para vocês – respondeu Muley – que os divertiria, muito embora a modéstia torne jovem todas as coisas da vida; considero, porém, que meus companheiros mais velhos devem ter a preferência. Zaleukos é sempre tão sério e reservado, não deveria ele nos contar o que tornou sua vida tão austera? Talvez possamos amenizar sua dor, se existir mesmo essa dor, pois de bom grado serviríamos a um irmão, mesmo que ele comungue de outra crença.

A pessoa citada era um comerciante grego de meia--idade, bonito e forte, mas muito sisudo. Embora fosse um não muçulmano, seus companheiros eram muito apegados a ele, pois sua história de vida, sua conduta, os inspirou a ter respeito e confiança por ele. Tinha apenas uma mão, e alguns de seus amigos conjecturaram que, talvez, a perda deu o tom tão solene ao seu caráter. Zaleukos, por fim, respondeu amigavelmente à solicitação de Muley:

– Sinto-me muito honrado por sua confiança: não tenho nenhuma tristeza no coração, pelo menos nenhuma que, mesmo com seus melhores votos, possam me aliviar. No entanto, como Muley parece me culpar por minha seriedade, contarei a vocês algo que justificará meu comportamento quando for mais solene que os demais. Vocês sabem que perdi minha mão esquerda, o que não aconteceu quando nasci, mas sim em um dos dias mais tristes da minha vida. Se foi minha falta, se estou errado por ser mais sério do que minha condição de vida me permitiria ser, você decidirá quando eu lhes contar a "História da Mão Destroçada".